KB060305

청어詩人選 399

바람이 먼저 길을 내주었다

장하지 시집

청어

바람이 먼저 길을 내주었다

장하지 시집

발행처   도서출판 청어
발행인   이영철
영업   이동호
홍보   천성래
기획   남기환
편집   방세화
디자인   이수빈 | 김영은
제작이사   공병한
인쇄   두리터

등록   1999년 5월 3일
        (제321-3210000251001999000063호)

1판 1쇄 발행 2023년 6월 30일

주소   서울특별시 서초구 남부순환로 364길 8-15 동일빌딩 2층
대표전화 02-586-0477
팩시밀리 0303-0942-0478
홈페이지 www.chungeobook.com
E-mail   ppi20@hanmail.net

ISBN   979-11-6855-164-0(03810)

바람이 먼저 길을 내주었다

장하지 시집

序詩

돌아가는 길

선유도 공원 산책을 마치고
집으로 돌아가는 길에
아빠 손잡고 깨금발 뛰기하며
즐거워하는 아이를 만났다

그래, 아버지의 손을 잡는 일은
얼마나 큰 축복인가
모든 근심 두려움 사라지고
마음은 하늘을 날지 않았던가

나 이제 돌아가리라
나 지으시고 입히시고 길러 주신 이에게
기별하리라 세상천지에
산천초목 우러러
자신을 성찰하게 하심에
시를 지어 노래하며
아버지께 돌아가리니
어여삐 받아주소서

차례

2부 둘이 하나 되는

3부 다시 미시령에서

1부

봄비 스미어

분주하던 봄은 가고
여름 지나갔어도
한날한시에 같이 죽자던
그 맹세 헛되지 않기를

분꽃

산책길에서
키 큰 나무 그늘에 가려
숨이 찬
여린 분꽃 모종을 데려와
햇살 좋은 베란다에 두었다

한낮에는 말을 아끼려는 듯
입 다물더니 지아비 돌아오는
석양에 가슴 열어 피어나
밤을 밝히고 아침이면
예쁜 저고리 입고 문안한다

바람이 먼저 길을 내주었다

헤매는 몸짓이었다
너에게로 가는 아니
나를 찾아 나서는 길에
바람이 먼저 와서
머리에서 가슴으로 다시 발끝으로,
가벼이 내려와 앉은 가랑잎 몇 장
둥글게 둥글 게 휘돌아 기둥을 세우며
회오리치는 내 가슴을 다독인다
바람이 앞장서서 길을 내주었다

하늘공원 가는 길

비행기의 창가에서 내려다 본
구름을 밟고 오실 그분을 만나러 가듯이
나는 설레었다
쓰레기를 모아모아 공원이 되었다는
난지도 하늘공원 가는 길

그 길은 좁았다
푸른 잎처럼 살랑대는 연인들
아기자기한 가족들의 발소리
깃발 든 여행객들
모두가 미소 띤 얼굴들이었다

하늘, 하늘나라,
하느님이 계시다는 우리의 천국
꼭 한번은 가고 싶었던 그곳을 가듯
억새처럼 고개 숙이고
쓰레기 더미 위에 세웠다는 하늘나라로 가는
사랑 이야기 만나러 갔다

한파

겨울 초입에 찾아온 추위를
이십 년만의 한파라 떠들었다

구들에 불을 넣지 못한 냉골 방에서
오 년, 아니 십 년만 견디어내면
벗어날 수 있을 거야!
다짐하던 그 겨울의 가난과 수모들
기꺼이 맞이하리라
생애 몇 번이라도
지나갈 길손 아닌가
바람의 이동을 막을 길 없어
온몸을 무장하였다 오소리 마냥
어깨에 펼쳐둔 털모자는
머리를 감싸주고 귀까지 덮어 주었다

여기저기 검은 마스크로
코와 입을 가린 눈만 빼꼼한
외계인들 사이를 앞만 보고 걸었다
씨앗의 떡잎처럼 살아남을 것이다
봄은 멀지 않았으리

아이들은 알고 있다

"너는 꼭 대학에 가서 공부해라
대학이 뭐하는 곳이지?" 물으시면
"대나무가 많은 곳이예요"
아버지 무릎에 앉아 하던 약속 아직 훤한데

아버지 돌아가신 후 외할아버지는
홀로 된 어머니를 이렇게 위로하셨단다
"큰놈 하나 가르치면 됐지
작은놈은 제 형 그늘에 살게 하면 된다!"

아버지 잃은 나도 서럽고 외로운 데
외할아버지는 딸만 생각하시는구나
잠자는 척하며 철이 들어버렸다는
열세 살 적 그 사람

"따르릉 따르릉 비켜나세요"
자전거 배우는 외손자에게
일터에 나간 딸 생각하여 탕수육 곁들여
짜장면 먹이는 외할아버지 되었네

"우리 할아버지는 인정이 많으시죠
제가 십삼 년을 지켜봤잖아요"
손자의 한마디에 시름이 싹 가신다는
할아버지 마음

꽃 대기실

꽃샘추위 시나브로 사라지고
물오리 쌍쌍이 노니는
세상은 온통 꽃 잔치의 대기실
새들이 알아차리고 가지에서 가지로
순서 알리기 분주하다
지난밤 산허리 감고 돋아난 꽃 몽우리들
무대 위에 등장할 차례를 기다리네

홍매화 피었다는 남녘의 기별
개나리 진달래 퍼질러 놀아나고
백목련 모가지 힘 솟는 것 보더니
벚꽃들 서둘러 무대를 먼저 덮네
다음 차례 대기하시라!
언덕배기 풀꽃들 얼굴 내미네

흔들리는 강변

타관에 너를 두고
땅거미 내리는
강변을 따라 돌아오면서
눈을 감으면 마음이 가득해진다는
그 말은 믿고 싶지 않았다

항상 함께하던 길고 짧은 그림자도 사라지고
하늘과 땅이 맞닿아 눈을 감은 듯 펼쳐지는 어둠의 길
그러나 강 건너 하나 둘 밝아지는 크고 작은 불빛들
강물에 빠져들어 범할 수 없는 궁전 같았다

언젠가는 타관도 고향처럼
아늑해지겠지
어둠이 깊을수록 마음은 맑아져서
강물에 자리 잡은 찬란한 너의 그림자
내 안에 깊이깊이 뿌리내리고 있었다

낭길 아제

그때는 거지들도 장애인도 많았다
씻을 물은 물론 마실 물도 부족하던 시절
떼쓰고 우는 아이 달래려면
"쩌어그 낭길이 온다!"
"낭길이가 잡아 간다" 했다
왼발과 오른팔을 덜렁이며 비틀거리는
거지왕 '낭길 아제'

내 어린 그 시절 설날이면
날개 달 듯이 설빔을 차려입고
종일 동구 밖을 돌아다니곤 했었다
이제는 차례상도
가족기도로 바꿔버리고
날마다 설날처럼 입고 먹게 된 우리

오늘은 설날 아침
날아든 총알에 혼줄을 놓아버린
'김남길 아제'의 애틋한 나라 사랑을 추억하며
점퍼에 운동화 신고
시간이 멈춘 듯 고요한
아파트 고샅길을 돌고 또 돌았다

수국 2

푸른 잎에 가시를 달아
서로를 지켜주는 마음

분주하던 봄은 가고
여름 지나갔어도
한날한시에 같이 죽자던
그 맹세 헛되지 않기를

샛바람에 삭은 몸 시들어져도
고개 숙인 꽃잎 하나 버리지 않았다

한참을 울었다

화분을 옮기려는데 몸에서 '뚝' 하는 소리가 들렸다
허리가 무너진 것은 이번이 세 번째다
의사가 물었다 아픔의 정도가
1에서 10까지라면 어느 정도냐고
시간을 끄는 것이 미안하여
얼른 대답했다 "5에서 6정도요…"
치료를 받고 집에 돌아왔건만 여전히 아팠다
후회가 막심했다 왜!
내 몸의 아픔도 정확히 설명하지 못했을까

늘 그렇게 살아왔다
생활이 어렵고 힘들 때도 괜찮다고,
참을 만하다고 얼버무리며
삭고 닳아서 허물어질 듯 위태로운
내 몸의 기둥 척추대간
정확한 진단이 필요한데도
참을 만하다고 말해버린
내가 한심하여 한참을 울었다

봄비 스미어

찬바람 채찍이 약이 되었다
스스로 막을 찢고 나오는
병아리처럼

꽃잎아 풀잎들아
눈을 떠라 이제는
잠 깨어 피어나라
푸석한 땅에 마른 나무 등걸에
촉촉이 숨을 불어넣는 봄비

와! 와!
멀리서 가까이서 들리는 함성
천지에 봄비 스미어
마음의 문 여는 소리

내 방식대로 살았다

"아버지 사랑해요,
아버지는 저의 멘토였어요"
생일 축하 카드를 보내던 딸이
사나흘 집에 머물러 함께 지내더니
현관을 나서며 중얼거렸다
'엄마, 아버지와 어떻게 살았어요?'

사방을 책으로 두른 방에서
사과를 먹으며 책을 읽고 싶다던 아이
'결혼은 필수가 아니라 선택이라'는 듯
"바빠요, 바빠요" 세상 속으로
당당히 걸어 나가는 아이를
아쉬움으로 배웅하였다

그 무엇보다 소중한 어린 너희들을 위하여
너희들을 보호할 아버지의 아내이기 때문에
자신의 이름은 뒷전에 두어도 좋았던
내 삶의 방식이었다고
짧고도 긴
세월의 문을 바라보고 있었다

영종도에 가면

빗줄기 쉬어 간
유월의 맑은 하늘 곁으로
흰 구름 달려드는 옛 섬마을
영종도에 가면
바닷물 들락거리는
갯벌을 만날 수 있어 좋았다

깊고 끝이 없는 바다는
넘실대는 파도가 쓰다듬고 떠난
바닷물을 빚어 소금 꽃 만들고
작은 생명들 키우는 질펀한
마음의 보물창고 같은 갯벌이 살아 있는
자연소통의 국제도시 영종도

하얀 해당화 선녀 같은 양귀비
버선발로 마중하는 둑길을 따라
산자락에 다다르니 불청객
고라니의 발자국 만나곤 한다는
아늑한 하늘도시의 누이들
빈터에 상추 가꾸어 쉬어가라 했다

벚꽃이 피었다기에

꽃 마중 나갔더니
꽃잎은 바람에 흩날리고
지는 꽃 아쉬워 돌아서려 했더니
연초록 나뭇잎들 찰랑찰랑
다음 세상을 열고 있었네

칼바람 견디어 온 자리
튼실한 울타리로 팔을 벌려
손에 손잡는 벚꽃 터널에서
웃음 같은 눈물 같은 꽃비 내려와
화관처럼 머리를 감싸주는 길

벚꽃이 피었다기에
봄 마중 나갔더니
이별 같은 만남 같은
꽃은 피고 지면서 여름으로
한걸음 들어서고 있었네

겨울 등나무의 손

여름 산책길에서 만나면 서슴없이
그늘을 내어주던 등나무에게서
이 겨울
헤아릴 수 없는 번민의 길을 보았다

꺾일 수 없는 꿈 때문이었을까
한 몸 한 뿌리에서
만 가지 길을 열어 뻗어나가는 힘
넓고 환한 지름길 외면한 채
오직 오른쪽으로 한길을 고집하며
아래로 아래로 등 구부려
피워 낸 보라빛 사연들
지친 나그네의 등불 되기 위함인가

그물을 기워내는 어부의 손으로
얽히고 설 킨 이야기 담아
눌러 쓴 편지 펼쳐 보이는
겨울 등나무에게서
낮은 데로 임하시는 거친 손을 만났다

기적은 우리의 삶을 통하여

푸른 오월 확 터진 창으로 쉼 없이 흐르는
한강의 기적 63빌딩에서
이십여 년 서울살이에도
전라도 사투리
버리지 못하는 남편과 나는
강원도 산골 정선에서 나고 자라
하늘과 땅을 돌아다니는 기계를
만들고 돌본다는 조카 사위를 만났다

그의 나이 십삼 세
한국전쟁 중에 아버지 돌아가시니
천둥이가 돼 있더라는 남편에게
'초등학교 사 학년이 되니 제가
아버지가 돼 있더라니까요'
조카사위 김 서방의 첫인사는 충격이었다

일손이 부족한 농번기와
월말 시험 있는 날은 공과금을 내지 못하여
결석했다는 처 이모부 앞에서
어머니는 모든 일을 어린 저와 상의 했어요
정선 장터에서 야채를 팔아
틀림없이 저의 학비를 댔다니까요

죽을 먹더라도 홀어머니 공경하는 일이
첫째였던 남정네들 허물 덮으며
살아온 세월은 사랑이었으리
반짝이는 별은 어두운 밤에 찬란하더라
흙수저, 금수저 탓하지 말자
우리 살아온 날들이 기적이었음을
감사하자

나를 지켜주는 그림자 있어

당신은 나를 따라나서는
그림자입니다
미명에 꿈틀거리는 그리움입니다
빛은 우리를 저울질하여
갈라놓으려 하지만
정오의 밝음과 밤의 어둠 속에서
더 다정히 하나 되는 우리

태양이 검불처럼 사그라지는 석양을
이별의 순간이라 여기지 않아요
그대 사라지고
뜨거운 가슴을 거두어들이는 안식
내 안에 그대 한 몸 되어
침묵으로 지켜주는
기둥 있음을

2부

둘이 하나 되는

마을을 지킨다는 당산에는
손 비빌 언덕도 없고
널렸었다는 모래밭도 자갈길도
강풍에 뒤집어진 지 오래지만
공중을 나는 새의 눈으로
땅 속을 더듬어 길을 내는
지렁이의 삶을 배웠다

선(仙)이가 왔다

첫 딸을 낳은 죄로 친가에는
들어가지도 못하고
친정살이를 했다는 시누이의
딸 선이가 왔다

우리 시누이 선이 엄마는 세상을 뜨고
선생님이 된 선이는 내년이면 회갑이란다
카네이션 붉은 꽃이 서러운
오늘은 어버이날
선이라 이름 지어 준 외삼촌 집에
선이가 왔다

이젠 울지 않아요
깊이깊이 간직했던 어머니의
자랑을 가져왔어요
어머니의 시집살이를 잊게 해 준
든든한 친정의 버팀목이었다며
오래된 외삼촌의 사진을 건네주었다

어려웠지만
푸르던 학창시절의 빛바랜 사진 몇 장
외삼촌의 젊음을 되돌려 주려는 듯
시누이의 딸 선이가 다녀갔다

출렁다리 건너 숲으로

정처 없는 구름들이나
스쳐가는 바람으로나 머물 수 있는 벼랑
소금산 정상과 거북등 절벽을 이어
출렁다리 만들었다는 소문이 떠돌더니

사금파리 조각 모아 소꿉잔치 벌이고
놀이고무줄 잘라놓고 도망치던 개구쟁이들
어른이 되어 낯선 그 다리에서 만나
출렁이자 하네

파도를 일으키고 잠재우는
바다가 그러하듯이
출렁인다는 것은 살아 있음의 징표
그리움이 다가오는 설레임 같은 것

무섭게 출렁이던 세상을 살아온 우리
심지 굳혀 뿌리내린
숲을 바라보며
나뭇잎처럼 살랑살랑 건너가자 하였네

둘이 하나 되어

어린 손자에게
하모니카를 가르치면서
삶의 숨고르기 하는 법을
배우고 있다

작은 선로 같은 하모니카를 입에 물고
들여 마시고 내쉬는 숨길에
리듬을 보태어 둘이 하나 되는 마음의 길
출발은 조용하게, 천천히 다시 한번 더
오던 길을 되돌아보면서
배움의 희열을 찾아가자고

나란히 나란히 달리는
아득한 그리움의 기적소리 같은
목적지에 다다른 이 환희를
하모니카에 담아내는 아이와 함께
하루하루 마시고 뿜어내는
삶의 리듬을 익혀가고 있다

나무는 연금술사

아침이 오기 전에 말했을 거야
마른 나뭇가지에 이슬이 내려와
밤새 속삭였을 거야
진주알 같은 숨을 넣어 줄게
내 모습 닮은 잎을 만들어 줘

참으로 오월은 여왕의 계절인가
연금술사처럼
나무들은 그 푸른 잎을 엮는 중
반짝이는 잎을 꿰어
제 뿌리를 닮은 관을 만들었나보다

나무 그늘에 앉아 하늘을 우러르면
진덕여왕의 왕관이 머리 위에 찬란하다

당산동에 살리

'인생은 육십부터'
젊음을 낭비해버린 변명 같은
말을 방패 삼아
태반 같은 고향을 떠나
서울시 영등포구 당산동 셋집에 들었다

마을을 지킨다는 당산에는
손 비빌 언덕도 없고
널렸었다는 모래밭도 자갈길도
강풍에 뒤집어진 지 오래지만
공중을 나는 새의 눈으로
땅 속을 더듬어 길을 내는
지렁이의 삶을 배웠다

소금배가 드나들며
큰 강줄기 다스렸다는 마포나루
건너편 당산나무 있던
언덕 아래 터를 닦았다
선유도를 안고 있는 따뜻한 이름
양화대교를 오가며 어머니 품속처럼
아늑한 곳 당산동에 산다

칠월 생

나뭇잎들
푸르다 못해 검푸르다
연초록 포도알들 검붉다 못해
진한 보랏빛으로 익어가고
화살 같은 뙤약볕에 찔린
철부지 어린 씨앗들
맨발로 소나기에 뛰어들었다가
천둥 번개에 놀란 가슴
'단단해져야지'
한 세월의 고비를 넘기고 있다

참외의 생각처럼

제철이라며 조카가 참외를 보내왔다
노란 줄무늬 참외를 자르니
갓 깨어난 병아리 가득 실은 돛배 같다
하얀 살 속에 나란히 줄지어 선
한 철 씨앗의 작은 세상

사람들이 만든 어수선한 세상도
참외의 생각처럼
가지런할 수는 없을까
꿀맛 나는 참외의 씨앗을
한참이나 바라보았다

다시 세우다

장마가 곧 시작할 거라는 예보에
몇 해 전 백년가약의 결혼식에서
받아 온 세단접이 우산을 찾았다
비바람에 내 몸을 보호하다가
중심을 잃고 뒤틀린 것을
눈 딱 감고 버리려던 것을
다시 세워 비를 피해보자고
당산역 건너편 구석진 곳에
토요일이면 어김없이 자리를 펴는
그분을 만나러 갔다

한쪽 눈을 지그시 감고 고장 난
우산의 수평을 점검하는 할아버지
뒤틀린 몸을 바로잡고
생채기 도려내면 옛 모습을 찾아
다시 태어날 수 있겠지
작은 망치와 펀치 하나로 무릎을 두드리며
상하여 기울어진 나의 몸 다시 세워 주듯이
수명을 다한 뒤틀린 우산을
다시 세우기 하여 선물처럼 펼쳐주는
그분의 손이 있어 긴 장마도 두렵지 않았다

매미의 노래

올해도 매미가 새벽 창가에 왔다
땅 속에서 칠 년을 견딘 후
소서(小暑) 지나 탄생을 알리는 매미

울어라 매미야!
보름쯤 아니 스무날쯤
너의 울음 따라 들판으로 나가보면
세상은 온통 햇빛 쨍쨍한 여름
씨앗들은 너의 통곡으로 여물어
짧은 날의 뜨거운 사랑이
눈물겹구나

맴 맴 매-엠 찌르… 르르르
새벽 창가에서 노래하는 매미야
너의 한 철 우리의 한 세상
모두가 함께 가는 사랑의 행진곡이다

날아라 EMS*

기차가 산길을 달린다는 도시로 가는 날
머리맡엔 단단히 포장된 일용할 양식들이
나와 함께 잠을 설치고
어머니 가마솥에 불 지펴 끓여 주신
누룽지 본체만체
어서 바다가 보이지 않는 뭍으로 가야지
자갈 깔린 도로를 달렸었다

귀하의 EMS가 02:30시에
인천공항을 출발하였습니다
파발마처럼 달려오는 메시지를 받으며
북간도로 떠나는 핏줄을 위하여
주먹밥 만들던 조상님들 내 안에 계시는 듯
나 지난밤 지긋하도록
태평양을 건너간 자식에게 김치 김 멸치볶음…
두 겹 세 겹 포장하여 EMS 보냈다

친절한 EMS에 부탁 하나 더하노라
하늘길 가는 중에 내 어버이 만나거든
이제야 당신이 주신 사랑꾸러미들
눈물 더하여 펼치곤 한다는 말
잊지 말고 꼭 전해주시기를

*EMS: express mail service, 국제 특급 우편 업무.

슬픈 국경일

오늘은 조국 대한민국의 개천절
하얀 바탕에 청홍의 우주를 품은
태극기를 집 앞에 세우자는 국경일이다

상큼하게 길이길이 펄럭이거라
자랑스런 우리나라 대한민국
알 수 없는 바람의 농간에 숨이 막힐까
깃대에 감기어 움직이지 못할까
드높은 하늘을 향하여 내다 걸었다

바람의 방향이 바뀌어
뒤틀리어
휘어 감긴 몸을 풀어 주는 정오
왠지 모를 뿌듯함이 밀려오는
슬픈 국경일

겨울강의 기도

뒤돌아보지 않겠습니다
아쉬움은 잔물결로 남겨두고
물거품을 지우며 흐르겠습니다
백두대간 나의 몸에 질곡을 내시어
넘치는 욕심은 흘러가게 두시고
오물을 받아들여 가라앉히고
밑거름 되게 하소서

부족한 만큼 채워주신
지난날은 축복이었습니다
몰아 올 한파를 염려하면서도
이제는 모두가 자중해야 하는 시간
말씀으로 주시는 지혜
머리 숙여 깊게, 깊게 침잠하면서
당신의 강으로 흐르겠습니다

마스크 무도회

자연을 사랑한다면서
짓밟고 헐어내고
베어 버렸다

뿔난 코로나 바이러스 19가
두려워 집 안에 갇혀 있던 날들
얼마만인가
오늘은 이웃과 마주 할 수 있다는
투표하는 날
신분증을 들고
마스크로 얼굴을 가리고
사회적 거리두기를 지키며
선택의 도장을 누르기 위하여
나서는 아침

분단장을 하고
깨끗한 옷으로 갈아입고
로미오를 만나러 가는
줄리엣처럼 조금은 설레면서 길을 나섰다

짓밟지 않고 헐뜯지 말고
베어버리지 않는
서로 사랑하자는 사람 찾아
마스크 무도회에 갔다

나의 몸 공동체

태중의 양수 속에서 척추를 기둥 삼아
화합의 덩어리로 자라난 나의 몸
양분이 부족하다고 보챌 때
열심히 채워주었더니
살 만하겠다 싶으니 이제 와서
차고 넘친다고 조직을 해체하겠단다

허리 디스크로 삼십 년
고혈압으로 이십 년을 버티는 동안
머리 가슴 팔 다리 안에 깊이 숨어서
종살이하던 근육과 핏줄 신경들이
목이 마르다고, 넘치고 지친다고
반란을 일으킨다

풍요하던 시절은 언제였던가
불평 없이 한가락 했다는
오장도 오돌토돌 한 용종을 앞세워
저항에 합세할 기세다
한 몸의 주인으로 열심히 살았지만
영혼의 기항지인 흙에 정박하기엔 아직 이른데
분열 중인 나의 몸 공동체

잠들지 못하는 밤하늘에
길을 알리려는 듯 별똥별이 사라진다

공작단풍나무 곁에서

바람이 밀어 넣어 준
꽃잎을 따라 집을 나섰다
어느덧 매화는 지고 버들가지 눈 뜬 지 오래
산수유, 목련, 벚꽃들이 한창인 봄 길에서
이제야 기지개 켜는
공작단풍나무가 내 어깨를 쳤다

하늘 높이 솟아오른 활엽수림과
사철 푸름을 자랑하는 적송들 틈에서
삭풍을 이겨냈을 왜소한 공작단풍나무
튼실하게 깃을 다듬는 공작새의 전령인가
오직 새순을 감싸기 위한 온기로
삭정이 같은 잎 버리지 못하는
어리숙한 그 모습 단호하다

오직 한 사람 그대 앞에
휘황찬란하게 날개 펼치려는
공작새처럼 당당하게
그날 그리며 붉은 울음 간직하는
공작단풍나무 곁에 선다

대단하다, 여름!

봄비에 꽃 피고 지고
꽃 진 자리에 열매 맺히더니
천만 리 밖 떠돌던 구름들 만나

뇌성 번개 앞세워
옹이 진 가슴의 빗장을 열게 하는
너의 사랑은
쇳덩이도 제 몸 다스리게 하는
용광로였어라

먹구름 속 떨떠름한 신맛의 유혹
떨쳐 버리고
세상 풍파 속 우리 사랑
달콤해지도록 견디어 낸 계절
참 대단하다, 여름!

백일기념사진

카톡, 카톡!

불혹을 넘기고서야 결혼을 결심한
딸이 안겨 준 손자의 사진을
동생이 보내왔다
눈도 못 뜨고 제 아비의 팔뚝만 하던
아이가 환하게 웃고 있는
백일기념 사진

우아! 아가야 참 좋다
너는 어떤 세상에 살고 있어
그렇게 티 없이 맑을 수가 있느냐
삶의 그늘 검버섯과 골 깊은 마음의
주름살 지워주고 환한 미소 되찾아 준
아이의 백일사진에 입 맞추며

까꿍! 까꿍!

3부

다시 미시령에서

빈 들판에 대들보를 묻고
문패를 달아
다섯 딸을 기르면서
첫 단추를 바르게 채우자고
다짐했었다

진주

우연인 줄 알았다
수심을 알 길 없는 세상 속을 떠돌 때
일용할 양식처럼
내 안에 들어와 도사리고 있는 티끌

인연이었나 보다
알을 보호하는 법을 깨우쳐야 했기에
차라리 축복처럼
가시 같은 너를 품어 안기로 했다
문지기로 지키고 서서
나의 진액을 뽑아내어
보호막을 둘러 입혀 주었다

잊지 않아야지
고통이라는 선물로 이루어 낸
알알이 영글어 빛나는 진주
너의 탄생을 가슴에 품었다

낙엽이 축복처럼

어미의 잔가지 끝에 태어나
꿈을 기려 태평양을 건넜던
딸이 돌아왔다
한 그루 나무가 자리매김하기까지
때로는 날 선 비바람도
자양이었구나

광활한 정상을 향하여
홀로 달려야 하는
머나먼 면학의 길에서
뿌리 깊은 나무로 서기까지
흔들리며 중심을 잡는
고공행진의 이야기 눈물 난다

참아 온 눈물로 그려낸
천고마비의 얼룩진 나뭇잎들
무지개 펴듯
무리지어 내려와
축복의 퍼레이드 펼지는구나

어머니 기다리지 마세요

미국으로 이민 간 오라버니
'장황남 정보통신 박물관'을 기증하더니
또 전파 박물관을 세운답니다

보이지 않는 웃음 같은
눈물 같은 전류
음악 같은 그림 같은 전파를 따라
떠난 아들을 기다리지 마세요
가슴으로는 보내지 못한 자식을
이젠 원망하지 마세요

빛이 밝고 가까울수록
그림자는 짙은 법
꼬리가 몇 개인지 모를 여우 같은
전파에 홀려 소리를 잡겠다고 찾아다니는
오라버니의 곁을 지키는 올케 또한
아마추어 무선사가 되고 말았다지요

어머니 살다 보면 남정네들
비틀거리며 술통에 빠지고
색에 들기 쉬운 세상에서
곁에 있어도 몰라보는 전류의 진동으로
마음을 이어 온 아들을 응원하시던
어머니 곁에 사랑의 전류, 붉은 피가 흐르고 있습니다

첫 단추

일에 몰두하면 전화 통화도 어려운 딸이
엊그제 스위스에 다녀오더니
내년에는 우리와 함께
'사운드 오브 뮤직'의
언덕을 오르자고 했다

빈 들판에 대들보를 묻고
문패를 달아
다섯 딸을 기르면서
첫 단추를 바르게 채우자고
다짐했었다

좁은 울타리를 걷어내고
세계 속으로
뛰어다니는 딸
거친 세상 포근히 감싸 줄
첫 단추가 되었다

허리 굽혀 펴기

고향을 떠난 지 수십 년이 된
귀님이를 서울에서 만났다

튼실하고 순박한 청년과 눈이 맞아
허리 굽혀 밭을 갈고
씨앗 뿌릴 때는 몰랐어라
무릎 굽혀 가마솥에 관솔 지피며
시집살이 견디어 온 지 다섯 해
'쓰잘데기 없는 딸을 둘이나 두었으니
금쪽같은 내 아들 새 장가들여야겠다'는
시어머니 등살에 두 딸 겨드랑이에 끼고
날아오르듯 서울로 왔다는 친구

한 세상 살아가는 일
별 것 아니지, 엎드린 몸 일으켜
허리 굽혀 펴기지
다섯 딸을 주시고 양육하라
이르신 분의 말씀 새기며
무릎 꿇고 허리 굽히며 살아온
나의 세월 돌아보네
푸른 하늘 훨훨 나는 세상 만나서
그들의 날개 아래 허리 펴고 살아라 이르시네

가을 나무들

내려놓는다
시샘하듯 푸르게, 푸르게 날개 펼치던
참나무 은행나무 벚나무 단풍나무들
갈바람 핑계 삼아 한 잎 한 잎
타버린 마음 내려놓는다

뜨거운 여름 지내며
열기 속으로 들어온 그들
다가오는 삭풍을 알고 있는가
두 손 모아 기도하는 농부처럼
황혼의 들녘에 서서
풍성한 시절을 자축하는 몸짓

지나가는 가랑비에 목을 축이며
삶의 비늘 조각들 하나씩 버리고 또 버린다
땅속 깊이 내린 뿌리의 길
하늘 높이 펼쳐 보이는
저, 가을 나무들

고마워요, 친구

멈스가 왔어요
눈으로는 볼 수 없는
아주 작은 몸으로
음식물 찌꺼기를 으깨고
깨끗이 걸러내어 흘려 보내는
친구 멈스가 왔어요

모두가 잘 먹고 잘 살게 되면서
갈 곳 없는 음식물 찌꺼기들
골목골목 쌓여만 가는데
평생을 어두운 개수대 밑에 깔려
불평 없이 살아가면서
부패를 막아 악취를 없애주는
친구 같은 그런 사람이 되었으면…

오늘도 고마워요! 멈스

엄마! 이게 뭐야?

한창 말을 배우는 아이와
할머니 집에 가는 길에
첫눈을 만났다
춤추며 날아드는 하얀 떡가루
엄마 이게 뭐야?
하늘이 보내준 겨울꽃이란다

눈앞에 아른거리는 하얀 눈을
손바닥에 받은 아이가 다시 물었다
엄마 이게 뭐야?
구름이 보내 준 눈물꽃이란다
슬플 때 기쁠 때 흐르는 눈물
무거운 마음 가벼운 듯이
환호하며 첫눈은 내려와 쌓이고

장작이라도 되었으면

오리발을 신고 오십 분 수영을 하고
물 밖으로 나오는데
허리며 발목이 뻐근했다
내 몸도 장작이 되려는가!
몽당나무 패대기쳐 겨우살이로
쌓아두었던 장작 마르는 소리

율동시간 유희를 나긋나긋하게
따라하지 못하는 우리에게
'자- 앙작이냐!'며 어깨를 툭 치시던
함경도 피난민 억양의
선생님 목소리 생생하다

아궁이에 던져 불을 지피면
날개를 펼치듯 춤추며 타오르던 불꽃
서로 서로의 가슴을 보듬어
구들을 덥혀주고 고운 재로 남아
나무의 발등을 덮는 장작이라도 되었으면

사랑의 시작

정성을 다하면 하늘도 감동한다더니
백담사 계곡에서 돌탑을 쌓아올리던
새언니 팔십 가까운 나이에
첫 손자를 얻었다는 동영상을 보내왔다
아직 눈도 뜨지 못하고 입술을 오물거리는
갓난이 그 작은 생명의 눈웃음에
내 가슴까지 울리는 북소리

사랑은 가까이서 멀리서
소망과 믿음의 환희로 오는가
수많은 헛발질에 넘어져도 다시
일어서기를 기다리는 그분이 계셔서
들판의 풀꽃이 씨방의 암 수술 밀어올림 같이
스스로 피어나는 살아갈 날들의 희망
아가야 너는 모든 사랑의 시작이다

눈 오는 날은

땅 위에 하늘나라를
세우려나 보다
맑고 푸른 하늘에 날려 보냈던
내 작은 새들
뭉게뭉게 날아오르더니
발자국을 남기고 돌아오나 보다

하늘은 작정한 듯이 어두워지고
허밍으로 합창하는 하얀 요정들
거친 땅을 하늘나라로 만들려나 보다
어둑한 나의 귓전을 맴도는 환호 소리
네 살고 있는 이곳이 하늘나라니라
새들의 발자국 따라 눈길을 간다

봄비가 내린다

경칩 지나 샛바람 불어오더니
칭얼대는 아이 달래듯이
자장자장 비가 내린다
문을 열어라
삭풍에 눈을 감았던 나무들아
뿌리를 감싸 안은
푸석푸석하게 들뜬 흙아
귀 기울여 문을 열면
조곤조곤히 다가오는 봄의 전령사
봄비가 내리면
내 몸에도 붉은 피가 돌아
꽃 피울 때가 되었다
소곤소곤 일러주는 봄비가 내린다

추억의 장독대

먼 곳으로 살림나는 나에게
된장 간장 우려내는 항아리들
여행길에 부딪혀도 상하지 않게
새끼줄로 둘러매 엮어 주시며
아버지께서 말씀하셨지
우리 몸은 고무풍선 같아서
욕심부리면 탈이 나는 것이라고

십 년 이십 년 아니 오십여 년을
아침이면 햇살 품어라 항아리 열고
밤이면 이슬에 젖을세라 뚜껑 닫으며
발효하여 성숙하며 우려낸 정, 합하여
살과 피를 이루며 살아가거라
사랑 가득한 아버지의 장독대
멀고도 가까운 듯 아늑한 추억에 기대본다

분꽃 세상

버리려던 화분에
다시 흙을 채우고
분꽃 씨앗을 묻었다

콩알만 한 검은 씨앗 하나가
두 주먹 불끈 쥐고
어미의 산도(産道)*를 열며
태어나는 아이처럼
땅을 일으키고 하늘을 열 줄이야

갑옷 같은 막막한 벽을 뚫고
연둣빛 머리 들어 올리며
떡잎으로 변신하는 씨앗들
두 팔 벌려 한 계단 두 계단
쌓아 올린 아픈 매듭으로
좁은 어깨 내어주며 곁가지를 키운다

여름 한 철 석양에 피어나는
분꽃을 보면서 내게 묻는다
평생에 한 번쯤 어둔 세상에
환한 꽃 피워 보았는가

버려두었던 마음에 흙을 채워 보는
노년의 하루, 꽃피워 답하는
분꽃 세상을 바라본다

*산도(産道): 아이를 낳을 때 태아가 지나는 통로.

다시 미시령에서

처음 그곳에 갔을 때 나는
찬란한 아침햇살에 놀란
어린아이 같았습니다
운해에 가려진 첩첩산중에서
바람에 부대끼며 키가 자라고
천둥번개에 귀가 열린 숲의 박동소리
가슴에 바다를 품고 사는 나는
쉬지 않고 박수를 보내고 있었습니다

이 가을 다시 찾은 미시령 고개
수려한 병풍 숲 불바다에서
노을과 함께 타오르고 있습니다
수수께끼를 풀어가는 듯 구부러진
삶의 벼랑에서 휘장이 흔들리게
던지고 싶은 한마디
다음 무대를 기다려 줘!
무성한 초록으로 돌아올 거야 나는
미시령보다 더 벌겋게 타오르고 있었습니다

낙엽의 눈물

가을 길에 나서면
안으로 안 으로 길을 내어 품는다

오뉴월의 뙤약볕 이겨내며
생글생글 자라난 작은 잎들
꺾일세라 넘어질세라
천둥번개와 고소공포증에 떨며
참아온 눈물 자국들

풍요롭다 못해 쓸쓸한
오색찬연한 가을 길에 서면
지나온 세월은 아름다워라
가는 곳마다 새겨주는 약속의 말씀
참다운 너의 세상이 오고 있어

내 마음의 집, 나의 몸

화장실의 물 내림 줄과 전구를
바꾸려고 집을 나서는데
칠십여 년 부려 온 허리와 발목이
시큰거리며 머리가 아찔했다

하늘 아래 해 뜨는 아침과
별이 빛나는 어둠 변함없는데
사계절 품은 숲을 향한 마음
항상 그 자리인 줄 알았는데
삶의 흔적 쓸고 닦으면서
내 몸은 삭아갔구나

몸이 부실하니
마음 편히 누일 곳 없네
허허로운 내 마음의 집
나의 몸을 돌아보며 길을 나선다

4부

담쟁이, 담쟁이덩굴

아득하고 숨찬 세상일지라도
두근거리는 가슴 있어
희망의 끈을 이어 간다
곡예사처럼
휘청이는 뼈마디에 푸른 잎 틔워
음표를 새기는 몸짓

아득하여 아픔다운 산 필라투스

사람들은 높고 험한 산을 아름답다 하였다
숨 쉴 수 없는 바다 속이나
위험이 도사린 산 속에는
영험한 용이 살고 있다고 믿으면서

헤아릴 수 없는 알프스의 산자락
조난 당한 등산가들의 묘지에서
피에 젖은 아들의 시신을 끌어안고
애통하는 성모님을 만나고
번민하는 본디오 빌라도*의 영혼이 갇혀있다는
전설의 산 필라투스를 향하였다

어느 곳에 불멸의 혼은 살아 있을까
구제 받지 못한 영혼을 찾아 헤매는 듯
치달리는 산맥의 솟아오른 봉우리들은
발 빠른 구름의 계곡을 이루고
밀고 당기는 톱니바퀴처럼
맞물려 살아가는 세상

지나온 삶을 돌아보라는 듯
천천히 오르내리는 등산철도에 몸을 맡겼다
위험하여 아름다운 세상
필라투스를 향하여

*본디오 빌라도: 로마의 총독으로 죄가 없는 예수에게 십자가형을 내렸다.

관음죽을 위하여

바라만 봐도 좋았다
이십여 년 전 새집으로 오면서
선물 받은 관음죽 한 뿌리
새끼 욕심이 많아서
갈라놓으면 어미가 못 산다는 말에
때때로 물을 주며 눈을 맞추던 것이
어느덧 대가족이 되어 의젓하다

그 해 태어난 손자는 대학생이 되었고
'우리는 가족이니까요' 앞세우는
작은 놈은 여드름투성이 고등학생
서로 서로를 챙기는 아이들과 함께
행복의 지킴이가 되었구나
대나무같이 곧은 믿음직스런 녀석들

태양에 맞서지 않고
그늘에 의탁하지 않아
부르튼 발등이 자랑스러워
한발 물러서 바라만 봐 주었던 아이들
쭉쭉 뻗어나는 시원스런 잎사귀
훤칠하게 자란 관음죽처럼
그저 바라보기만 하여도 대견하다

오래된 화분의 생각

겨울 한파에 얼어터진 것일까
군자란 화분에 금이 가 있었다

오십여 년을
꽃피우고 새끼 치던 것이
제 집 상한 줄 아는지 모르는지
스크럼 짜듯이 얽혀서 버티며
꽃대 올리려는 것 안타깝다

해가 들면 한숨 돌려 속울음 삼키던 날
하루 이틀이었을까
상처 아랑곳없이 꽃 피워내는
우리 집 터줏대감 군자란
상처투성이 세상을 만나 보았다

진눈깨비 내리는 날

비도 아니고 눈도 아닌 것이
꺼이꺼이 울음 참으며 달려온다
봄으로 가는 엄동의 나뭇가지
잠 깨어 피어나거라
천지를 맴돌며 쓰다듬는 손
눈도 비도 아닌 진눈깨비 내린다

축축하지 않게
촉촉이 스미런다
머리 숙인 땅에 숨을 불어 넣자
다시는 얼어붙지도
울지도 못하는 우리의 사랑
천지를 별꽃으로 채우는 진눈깨비 내린다

어떤 피서

폭염으로 들끓던 여름날
지어미의 성화에
피서를 떠나기로 했어요
시원한 지하철을 타고
해외로 휴양지로 떠난다는
인천국제공항 제2청사라도 돌아보자고

컴컴한 구중궁궐 같은 집을 벗어나
햇빛 쏟아지는 초록 들판과 파란 하늘에
뭉게구름 그려 넣고 싶은 여왕개미에게
다람쥐 쳇바퀴 돌 듯 일에 지친 일개미
지하를 벗어나 지상으로 오르는 교차로에서
여기서 그만 집으로
돌아가면 좋겠다고 중얼거리네요

젊은 날에 놓치고 말았던 꿈
둘이 하나가 된다는 피서지가 바로 저긴데
진창길과 가시밭길을 건너온
일개미에게 피서란 돌아올 집이 있어 즐거운 것
어디서나 어느 때나 너의 집이 되어 줄게
돌아오는 열차에 나란히 앉아 있네요

이팝나무 가로수로 서다

봄꽃들 지고 나니 입하,
입하, 들어 이팝나무들
가지마다 높이높이 두 팔 벌리네

배고팠던 시절 어떻게 잊을까
흐드러진 이팝꽃 바라기하며
옛 어머니들 시름 덜었다던
여문 보리알 거두는 손 분주하던
보릿고개 길

떠오르는 고봉 밥상 같은
꽃숭어리들 키워
마을 지키는 쌀 나무로 우뚝 선
이팝나무 가로수로 서 있네

하늘의 문 마테호른

산악 열차를 타고 오르는 전망대에서
사천 미터 급 봉우리들
그 가운데 우뚝 선 영봉 마테호른은
스위스 수네가의 호반에 잠기어 있었다

그의 위풍당당함을
두리번거리는 사자의 몸짓이라 한다지만
그러나 내게는 고뇌의 모습으로 닦아왔다
온갖 풍상을 마주한 얼굴
그의 두 눈과 코 그리고 입에서는
쉬지 않고 흰 구름을 뿜어내고 있었다

억만년을 휘돌았을 바다 속
그 깊이만큼 사무쳤을 마음 달래 듯
더 높이 솟아 날아오르는 구름들
다시 하늘의 문을 열고 물이 되어 흐르리라
이제는 돌아가자 어미의 품에 안기어라
가슴 펼치는 호수에 몸을 누인
스위스의 영봉 마테호른

추억을 돌려줄게

불시에 지아비를 보낸
친구의 상가(喪家)에 다녀오는 길에
노년의 꿈을 키우라는
새 길을 열려면 저장 공간을 확보하라는
더 이상 간직할 수 없으니 비우라는
메시지를 받았다

한때는 소중했던 추억들로 가득한
집 안을 둘러보았다
그날의 풋풋했던 젊은 시절은
먼 기억 속에 아련하고
이제는 홀로 가는 길을 찾아보자고
내 가는 길을 가볍게 하자고

쌓인 사진첩을 꺼내어 아이들에게
그들의 추억부터 돌려주기로 했다
몸짓 하나하나가 재롱이고 기쁨이었던
올곧은 죽순처럼 자라던 모습들
흐르는 세월의 추억을 돌려줘야지
한 줌 우리의 사랑 몇 페이지를 더하여

곶감처럼

지리산 엄천골 농부 유진국 씨는
감이 발그레 익으면 껍질을 벗겨
바람이 들락거리는 덕장에
메달아 숙성시키고
얼었다 녹았다 스스로 마르게 하여
곶감 장인이 되었다는데

봄꽃 아래서 눈이 맞아
한 지붕 아래 사는 너와 나
얼었다 녹았다 주름지면서
마음 조이며 살아온 지 몇 십 년인가
이상 기온에도 끄떡없었지
지리산 곶감처럼 달콤할 수 있을까
아직도 숙성 중인 우리의 사랑

서암정사 가는 길에

붉은 꽃숭어리 한창인
백일홍 가로수를 바라보며
옛 구도자의 길을 찾아 나섰다

가파른 언덕을 오르고
산을 넘어서면
더 큰 바위산이 가로막는 지리산 자락
인적 없는 채석장 거친 바위 다듬어
마애불 새기고 떠난 사람은 누구였을까

아득한 그리움으로 다다른
고승의 막다른 길에서
마음을 다듬어 마애불 새기고
흔적 없이 떠난 고승의 극락세상
그 가장자리에 서 보았다

급하게 서두르다 손등을 찍고
발 빠르게 이루려다 발등을 찍던
지나온 날들에 붙잡힌
나를 바라보며
석굴법당의 동자승이 웃고 있었다

천국으로 가는 길

여행의 시작은 짐 싸는 일
나의 짐은 나만이 지고 가야 한다
어린이도 늙은이도 부모와 자식
그 누구도 대신 맡아 줄 수 없는
삶의 시작 여행의 길

죽어서 가는 곳이
천국이나 지옥인 줄 알았다
알프스 산자락에 안겨보라는
딸의 권유에 못 이긴 듯이
물거품처럼 하얗게 녹아내리는
가파르고 숨찬 빙하의 길
이 천만 년을 경험하는 탐색여행에 들었다

깊은 구렁에서 솟아오른 나무들은
가지를 넓히지 않아
올곧을 수 있었구나
하늘을 채색하는 구름의 무리에 뒤섞일 때
그분의 말씀이 들렸다
네 삶의 터전, 네가 선택한 길이
천국과 지옥이니라

"수고했어요!
어떻게 살아온 줄 잘 알아요
짐은 다 내려두고 일등석을 타세요"
가는 곳마다 도타운 꽃들 피어 반기고
호수에 어리는 산봉우리처럼
하늘 아래 나의 삶을 비춰내고 있었다

내 안에 가득한 노을

한때는 아침햇살에 물들어
부끄럼 안은 분홍빛 울산바위처럼
구릉을 오르고 싶었습니다

부산한 장터에서 한낮을 소진하고
지는 해 아쉬워하며
돌아오는 저녁 답
아직은 푸른 잎 사이로
저녁노을 가득 담아 발그레 익어가는
감나무를 만났습니다
내 안으로 들어온 노을이
어느새 씨앗을 품고 있었습니다

아직은 천생과 연분으로

일찍이 죽음의 문턱을 넘나들면서
역학 공부에 몰두하게 된 친구가
어려운 티 내지 못하고 살아가는 나를 보면서
너희는 합이 많아, 참 좋아
그렇게 나불거렸다

웬 헛소리! 한창 고달프던 시절
건성으로 들으면서도
기분이 썩 나쁘지 않던 '천생연분'
진창길에 빠진 발 닦아주고
뜬구름 잡으려 헛손질할 때
소낙비 뿌려주는 하늘 고마워하던
'젊어 고생 사서도 한다'는 말
이웃에 손 벌리지 않고
세끼 밥걱정 없이 살고 있으니 천복인가

휘청거리지 말자고 다짐하면서
손잡고 나서는 노년의 산책길
만나는 이웃들 '참 보기 좋습니다'
부추겨주니 그냥, 웃으면서
천생 씨 연분 양으로 살기로 했다

내 생에 월척은 무엇이었을까

푸른 지붕의 국회의사당 언덕 아래
마른 갈대 서걱 이는 강기슭을 지나
버들잎 눈 뜨는 산책길에 나섰다
누군가는 방생을 했던 자리에
낚싯대 드리우고
월척을 기다리는 사람들
쉿! 조용, 조용히!
발소리 낮추라는 신호에
걸음을 멈추었다

그래, 우리 사는 일이
기다림과 순간 포착 아니겠는가
내 생에 월척은 무엇이었을까
숨죽여 기다려는 보았던가
놓친 세월 외면하듯이
흐린 강물 바라보며 돌아오는 길
찌를 노려보며 시간을 죽이는
낚시터의 몇 미터 밖
팔뚝만 한 물고기 몇 마리 강을 흔들고 있었다

가을비

가랑가랑 비가 내린다
가을걷이 끝난 들판 다독이면서
갈잎 떨구며 서둘러 간다
나 지나가면 겨울 온다고
구름은 소리 없이 몰려와서
하늘, 땅 엮으려고 띠를 두른다

누구의 가슴을 적시는 사연인가
밤새 뜬눈으로
숨죽여 속삭이듯
지웠다 다시 쓰는 편지처럼
만남과 이별의 아픔 잠재우면서
가늘게, 가늘게 가을비가 내린다

담쟁이, 담쟁이덩굴

비탈진 바닥에 엎드려 산다
보이는 것은 막막한
벽과 허공뿐

아득하고 숨찬 세상일지라도
두근거리는 가슴 있어
희망의 끈을 이어 간다
곡예사처럼
휘청이는 뼈마디에 푸른 잎 틔워
음표를 새기는 몸짓

당신의 창이에요
너를 향한 기다림의 그날이 오면
하늘과 땅을 잇는 사다리 되어
부끄럽지 않게 말할 수 있기를
발그레 낯붉히며 엎드린 줄사철나무
아니, 그냥 담쟁이덩굴

그 바다 해운대에서

넓고 푸른 바다에 뛰어들어
몸을 담그고 물장구치며
모래성을 쌓겠다고 헤집던
반세기 전
그 모래밭에 젖어보고 싶었다

바다와 하늘이 맞닿은 해안
어딘가에 뜨겁게 새겨두었던
맹세는 찾을 길 없고
가슴까지 차오르던 열정
그 애환들 쓰다듬는 넓은 품

들락거리는 애기 파도의 손짓
어찌 잊었다 말할 수 있을까
나의 발걸음을 기다렸다는 듯
다가오는 물무늬들 만나고 왔다
석양빛에 찬란한 해운대에서

아욱국

몸져누우신 시어머니를 위하여
찬을 만들어 나른다는 막내딸
어제는 아욱국을 끓여 드렸다면서
제 어미의 생일인 오늘은
내게도 아욱국을 끓여 오겠단다

당산동을 지나 목동 시가(媤家)를 오가면서도
친정은 지나치고 말았다는 아쉬움
엄마의 생일상, 아니 한 끼니의 밥도
차려 드리지 못했다고 후회하는 딸
마음만이라도 대견하여 가슴이 뭉클하였다

흐르는 시간 속,
운명을 직관한 언어미학

손희락(시인, 문학평론가)

흐르는 시간 속,
운명을 직관한 언어미학

손희락(시인, 문학평론가)

1. 표제시와 자의식 탐색

한 권의 시집을 상재함에 있어 표제시의 비중은 크다. 최종 선택까지 갈등, 고뇌를 반복하는 과정을 거친다. 시인 장하지는 자신에게 주어진 시간과 운명을 직관한다. 삶 옆에 죽음이 도사리고 있음을 인식한 탓에 자기연민에 빠진다. 한 생을 마치기 전, 자신이 해야 할 일이 무엇인지 점검하여 기도한다. 유한한 시간의 종착을 의식하면서 진솔한 언어로 독자에게 말을 건다. 여성의 삶, 체험적 깨달음을 공유하고 싶은 시적 욕망 때문이다.

헤매는 몸짓이었다
너에게로 가는 아니
나를 찾아 나서는 길에

바람이 먼저 와서
머리에서 가슴으로 다시 발끝으로,
가벼이 내려와 앉은 가랑잎 몇 장
둥글게 둥글게 휘돌아 기둥을 세우며
회오리치는 내 가슴을 다독인다
바람이 앞장서서 길을 내주었다

-「바람이 먼저 길을 내주었다」 전문

　전연 9행으로 짜인 이 시에서 화자의 자의식을 포착
한다. 인간에게 있어서 삶은 최대명제이다. 전남 완도에
서 출생한 후의 생은 자신이 계획하고 설계한 것 같지
만, 실상은 그렇지 않았다는 진술이다. "바람이 앞장서
서 내준 길"이었다는 의미는 신의 섭리와 통제가 있었
고, 자신은 순응했을 뿐임을 독백한다. 시인의 독백은
상호모순관계를 형성한다. 그가 언급한 그 바람의 실
체가 불분명하기 때문이다. 자신이 걷는 길을 차단하기
도 하고, 길을 열어주기도 하는 바람의 위력을 절대자
의 통제로 인식했다면, 영적 지점을 응시한 자의식은 예
사롭지 않다. 장하지는 시인의 말에서 개인적 종말을 예
견하는 독백을 한다. "시를 지어 노래하며 아버지께 돌
아가리니 어여삐 받아주소서"이다. "아버지께 돌아간다"
는 표현은 운명에 대한 직관인 동시에 하느님의 부르심
을 수용하겠다는 순종적 자세이다. 내가 계획하고 움직

이기 전, "바람이 먼저 길을 내주었다"는 시적 단정은 체감한 진리이다. 삶=죽음이라는 등식은 신의 섭리에 대한 자각이다. 인간은 신의 섭리에 순응할 수밖에 없는 존재이다. 인생길은 혼자 걷는 것 같지만, 착각이다. 바람이 동행하며 길을 내주고, 바람이 동행하며 생명을 지켜준다. 이런 시인의 자의식에 접근 할 수 있다면, 그 순간 근본 진리를 터득한 셈이다. 근본진리를 체득하면, 죽음마저 기쁨으로 수용하는 초월의 경지에 이르게 된다. 화자의 자의식은 기독신앙으로 채색되어 있다. 세상 근심 걱정으로 가득 찬 시의 독자에게 삶을 통찰한 진리적 메시지를 던져 줄 것 같은 느낌이다.

2. 유년에서 중년, 노년에 이르는 인생길

인간의 노화는 동일한 과정을 거치며 단계적으로 진행된다. 유년에서 중년, 중년에서 노년으로 이어진다. 자신에게 주어진 삶의 시간들을 아름다운 추억으로 채울 수 있다면, 그것만큼 복된 삶도 없다. 시인 장하지의 삶, 총체적 과정을 추적할 순 없지만, 한 남성을 만난 이후, 행복을 노래한 것 같다. 그의 언어에서 발산되는 시적 느낌이 그렇다는 뜻이다.

그때는 거지들도 장애인도 많았다

씻을 물은 물론 마실 물도 부족하던 시절
떼쓰고 우는 아이 달래려면
"쩌어그 낭길이 온다!"
"낭길이가 잡아간다" 했다
왼발과 오른팔을 덜렁이며 비틀거리는
거지 왕 '낭길 아제'

내 어린 그 시절 설날이면
날개 달 듯이 설빔을 차려입고
종일 동구 밖을 돌아다니곤 했었다
이제는 차례 상도
가족기도로 바꿔버리고
날마다 설날처럼 입고 먹게 된 우리

오늘은 설날 아침
날아든 총알에 혼 줄을 놓아버린
'김 남길 아제'의 애틋한 나라 사랑을 추억하며
점퍼에 운동화 신고
시간이 멈춘 듯 고요한
아파트 고샅길을 돌고 또 돌았다

-「낭길 아제」 전문

이 시는 유년 시절로 회귀하여 쓴 작품이다. 첫 행에서

"그때는 거지들도 장애인도 많았다" 진술한다. 이 시에 등장한 인물, "낭길 아제"가 거지왕으로 표현된 것을 보면, 유년 시절, 각인된 존재임이 분명하다. 중요한 것은 수십 년 세월을 초월한 유년의 기억들이 시의 언어로 재생된다. 왼팔과 오른팔을 덜렁거리며 걷던 "낭길 아제"는 삶이 종결되는 그 지점까지 동행한다. 망각되지 않는 기억인 때문이다. 그 당시 현장에 있던 어린 소녀의 눈빛은 무엇을 응시하고 있었을까. 이 시의 이미지 속에는 생애 원점으로 회귀한 장하지의 숨결이 느껴진다. "낭길 아제"란 존재는 실존이면서도 허상이다. 하늘의 부름을 받아 이미 고향땅에서도 연기처럼 사라졌을 것인데, 시인의 기억 속엔 그가 팔을 흔들며 걷고 있다. 인간은 긴 세월이 흘러도 추억 속을 헤매는 존재이다. 시간은 흐르지만, 순수한 소녀의 눈망울은 늙지 않는다. 낭길 아제를 시적 언어로 환생시켜 존재의 의미와 유년의 기억을 재현해 낸다. 이것이 언어를 운용하는 연금술이며, 시인된 자의 특권이다.

일에 몰두하면 전화 통화도 어려운 딸이
엊그제 스위스에 다녀오더니
내년에는 우리와 함께
'사운드 오브 뮤직'의
언덕을 오르자고 했다

빈 들판에 대들보를 묻고
문패를 달아
다섯 딸을 기르면서
첫 단추를 바르게 채우자고
다짐했었다

좁은 울타리를 걷어내고
세계 속으로
뛰어다니는 딸
거친 세상 포근히 감싸 줄
첫 단추가 되었다

-「첫 단추」 전문

  이 시는 다섯 딸을 양육한 중년의 삶이 진술되었다. 각 가정마다 귀하게 여기던 아들의 존재 여부는 알 수 없다. 인류의 시작은 한 남자와 여자의 결합, 즉 결혼으로 출발한다. 자식은 사랑의 열매이며, 자아 생의 흔적인 동시에 결정체이다. 엄마를 찾는 큰딸의 호흡 속에는 꽃처럼 피었던 화자의 시간이 숨 쉰다. 시의 결미에서 "거친 세상 포근히 감싸줄/첫 단추가 되었다" 표현한다. 첫 단추의 의미를 분석하면, 한 남자를 사랑한 여자의 생, 출발 지점이 된다. 이 시를 쓰면서 그는 사랑했던 한 남자의 모습을 재생한다. 첫 단추 이후 채워진 귀한 딸들은 시인의 골수와 생명을 물려받았지만, 유한한 시간을 야금야금 갉아먹으며 성장한다. 아름다웠던 외형미는 반짝이는 단추를 위해 희생됐을 뿐, 자기 인생은 돌아보지 않았음을 유추할 수 있다. 다섯 단추는 이 세상에서 반짝인다. 시인의 기쁨인 동시에 자랑이며, 시 세계 구축의 동력으로 존재한다.

화분을 옮기려는데 몸에서 '뚝' 하는 소리가 들렸다
허리가 무너진 것은 이번이 세 번째다
의사가 물었다 아픔의 정도가
1에서 10까지라면 어느 정도냐고
시간을 끄는 것이 미안하여
얼른 대답했다 "5에서 6정도요…"
치료를 받고 집에 돌아왔건만 여전히 아팠다
후회가 막심했다 왜!
내 몸의 아픔도 정확히 설명하지 못했을까

늘 그렇게 살아왔다
생활이 어렵고 힘들 때도 괜찮다고,
참을 만하다고 얼버무리며
삭고 닳아서 허물어질 듯 위태로운
내 몸의 기둥 척추대간
정확한 진단이 필요한데도
참을 만하다고 말해버린

내가 한심하여 한참을 울었다

-「한참을 울었다」 전문

　화분을 옮기다 허리 다쳐 병원을 찾은 시적 정황이다. 진료하는 의사는 고통의 강도를 질문하고, 체감한 고통을 5, 6 숫자로 대답한다. 시인이 대답하는 숫자는 흘러가 버린 시간과 동일하다. 삶에서 흘러간 시간을 추적하면, 그 시간들은 질병이나 고통으로 포착된다. 인생 황혼에 접어들었기 때문이다. 이 시에서 흥미로운 지점은 둘째 연의 진술이다. 생활이 어렵고 힘들 때는 "괜찮다" 말하고, 허리 다쳐 아플 때는 "참을 만하다" 표현한다. 괜찮다, 참을 만하다는 외침 속에서 한 여자의 소중한 시간이 흘러갔다. 시인은 자신이 한심하여 "한참을 울었다"고 독자에게 전한다. "울었다"는 이미지에 대한 상상은 시를 읽는 독자의 몫이다. 시는 언어표현 이상의 메시지를 전한다. 신세 한탄, 서럽게 흐느꼈을 수도 있고, 추억을 연상하며 행복한 표정으로 울먹거렸을 수도 있다. 세월을 공유한 동시대 여성들은 뼈저린 아픔에 공감할 것이다. 장하지 시인은 늙어가는 신체적 변화를 끌어안고, 모든 여성을 대신하여 시의 이미지 안에서 흐느낀 지도 모른다. 위에서 인용한 세 편의 시는 때와 시기는 다르지만, 체감한 현실이다. 불행 중 다행인 것은 존재의 무거움을 가볍게 치환시켜 스스로 눈물을 닦는다는 점이다. 시의 언어는 시간을 역행한다. 소중한 시간과 바꾼 다섯 딸은 아름다운 흔적으로 남았다. 틈틈이 써 내려간 시편들과 단추 다섯 개, 시인의 전 재산이다. 한 여자의 사랑이며 인생이다.

3. 당산동의 삶과 신앙적 기도

'인생은 육십부터'
젊음을 낭비해버린 변명 같은
말을 방패 삼아
태반 같은 고향을 떠나
서울시 영등포구 당산동 셋집에 들었다

마을을 지킨다는 당산에는
손 비빌 언덕도 없고
널렸었다는 모래밭도 자갈길도
강풍에 뒤집어진 지 오래지만
공중을 나는 새의 눈으로
땅 속을 더듬어 길을 내는
지렁이의 삶을 배웠다

소금배가 드나들며
큰 강줄기 다스렸다는 마포나루

건너편 당산나무 있던
언덕 아래 터를 닦았다
선유도를 안고 있는 따뜻한 이름
양화대교를 오가며 어머니 품속처럼
아늑한 곳 당산동에 산다

-「당산동에 살리」 전문

육십부터 둥지를 튼 당산동은 제2의 고향이다. 셋집으로 시작한 타향살이는 치열할 수밖에 없다. 고통, 슬픔을 감내하면서 "땅속을 더듬어 길을 내는/지렁이의 삶을 배웠다" 독백한다. 붉은 몸짓으로 기는 지렁이의 삶, 중의적 의미가 내포되었지만, 시인은 고단함 속에서 행복에 젖었던 것 같다. 그 이유는 "공중을 나는 새의 눈"으로 세상과 현실을 바라보았다는 시적 표현 때문이다. 탯줄 자른 고향, 완도, 육십 이후, 당산동, 이 두 지역은 행복 꽃 파종한 공간으로 존재한다. 나는 "당산동에 산다"는 독백 속, 정서는 하느님을 향한 감사가 넘쳐 흐른다.

당신은 나를 따라나서는
그림자입니다
미명에 꿈틀거리는 그리움입니다

빛은 우리를 저울질하여
갈라놓으려 하지만
정오의 밝음과 밤의 어둠 속에서
더 다정히 하나 되는 우리

태양이 검불처럼 사그라지는 석양을
이별의 순간이라 여기지 않아요
그대 사라지고
뜨거운 가슴을 거두어들이는 안식
내 안에 그대 한 몸 되어
침묵으로 지켜주는
기둥 있음을

-「나를 지켜주는 그림자 있어」전문

  화자의 생에서 당산동은 축복의 장소이며 소중한 시
간을 흐르게 한 행복 공간이다. 이 시에 나타난 '당신'
이란 존재는 사랑과 존경의 대상이다. 고로 남편을 "그
림자"라고 표현한다. 실체와 그림자가 분리되지 않듯이
유한한 시간을 공유하며 함께 늙었다. 당산동, 셋방살
이가 고달프지 않고, 행복으로 각인된 이유이다. 자신이
실체이고, 그 대상이 그림자라는 시적 논리는 사랑의 미
학, 그 깊이를 승화시킨 표현이다. 그림자인 동시에 기
둥이라는 진술은 자기 삶의 전부가 한 남자에게 집중되

었다는 의미이다. 고정된 건물과 달리, 사람 기둥은 때가 되면 움직인다. 눈물 젖은 이별을 고한다. 시인에겐 두 개의 기둥이 존재한다. ①사람기둥 ②언어예술기둥이다. 둘 중 하나는 삶의 마지막 순간까지 동행할 것이다. 감정과 이성 사이를 절묘하게 오가며 시를 쓴다는 건, 하늘의 선택받은 존재만 누리는 특별 은총이다.

뒤돌아보지 않겠습니다
아쉬움은 잔물결로 남겨두고
물거품을 지우며 흐르겠습니다
백두대간 나의 몸에 질곡을 내시어
넘치는 욕심은 흘러가게 두시고
오물을 받아들여 가라앉히고
밑거름 되게 하소서

부족한 만큼 채워주신
지난날은 축복이었습니다
몰아 올 한파를 염려하면서도
이제는 모두가 자중해야 하는 시간
말씀으로 주시는 지혜
머리 숙여 깊게, 깊게 침잠하면서
당신의 강으로 흐르겠습니다

-「겨울강의 기도」 전문

이 시의 겨울 강은 자신을 상징한다. 이 시에서 주목되는 부분은 2연의 진술이다. "부족한 만큼 채워주신/지난날은 축복이었습니다" 감사 기도를 드린다. 시인의 마음속엔 삶의 상처나 대인관계의 갈등은 찾아볼 수 없다. 하느님의 은총 속, 평화로운 종말을 지향한다. "머리 숙여 깊게 침잠하면서/당신의 강으로 흐르겠다"는 표현은 죽음마저 초월한 상태이다. 운명을 직관한 초월성이 있기에 하느님과 교감하며 감사의 기도를 올린다. 자신과 가정을 지켜주셨다는 믿음 때문이다. 인생의 겨울, 당신의 강으로 흐르겠다는 시간에 대한 의식은 신앙의 깊이를 표출한다. 인간에게 있어 생과 죽음은 하나이다. 그 분이 예정한 그 시간까지만 이 세상에 존재한다. 화자는 운명을 직관한다. 제2의 고향, 당산동에서 시 짓기하며 존재적 성찰에 힘쓴 때문이다.

4. 하늘공원에 대한 소망 -귀천

비행기의 창가에서 내려다 본
구름을 밟고 오실 그분을 만나러 가듯이
나는 설레었다
쓰레기를 모아모아 공원이 되었다는

난지도 하늘공원 가는 길

그 길은 좁았다
푸른 잎처럼 살랑대는 연인들
아기자기한 가족들의 발소리
깃발 든 여행객들
모두가 미소 띤 얼굴들이었다

하늘, 하늘나라,
하느님이 계시다는 우리의 천국
꼭 한번은 가고 싶었던 그곳을 가듯
억새처럼 고개 숙이고
쓰레기 더미 위에 세웠다는 하늘나라로 가는
사랑 이야기 만나러 갔다

-「하늘공원 가는 길」 전문

하늘공원을 찾아가는 시인의 가슴은 설레었다. 첫 연
에서 비행기를 타고 여행을 떠날 때도 구름 밟고 오시
는 "그분"을 생각한다 진술한다. 언제, 어디서나, 그의
의식 속 존재는 인간이 아닌 하느님이다. 장하지의 시에
서 거듭 포착되는 '거룩한 존재'이다. 이 시는 종교적 직
관으로 쓰었다. 셋째 연에서 "하느님이 계시다는 우리의
천국"이란 표현으로 시의 독자에게 곧 다가올 종말을

각인시킨다. 상암동 하늘공원과 영원히 돌아갈 하느님의 나라는 본질적 동질감으로 묶어졌다. 시인은 하늘공원이 "쓰레기 더미" 위에 세워졌다고 표현한다. 이 세상은 하늘공원이다. 온갖 슬픔과 기쁨, 갈등과 분쟁, 인간의 추악한 탐욕이 나뒹구는 쓰레기 더미 같은 공간이다. 악취 진동하는 현실에서 머물다가 하늘나라 공원으로 이주할 존재가 자라라는 확신이다. 시인은 생의 종말이 하늘길과 연결되었음을 진즉 깨우친 것 같다. 고로 현세에서 하늘 천국을 동경하여 시 짓기 하는 것 외엔 지속적으로 탐욕, 교만을 버리는 장하지의 삶이다. 이제 세상에서의 소망은 오직 하나뿐이다. 시의 언어로 초월의 세계를 형상화하다가 부름을 받는 후회 없는 죽음이다. 모든 인간은 억새처럼 겸손의 고개 숙이고 "하늘나라 공원"으로 돌아가야 한다는 메시지는 진리적 화두이다. 본향으로의 귀천은 인간의 운명이다.

5. 마무리

시인의 육체는 낡고 병들었다. 허리통증은 고통을 선물한다. 삶의 시간은 얼마 남지 않았다고 직관한다. 오가는 슬픔과 두려움을 초월한 상태이다. 그렇다면 왜 시인은 시 쓰기를 멈추지 않는가. 두 가지로 유추된다. ①절대자 앞에서 아름다운 생의 마무리 ②동시대 인간을 사랑한 소명 의식 때문인 것 같다.

아궁이에 던져 불을 지피면
날개를 펼치듯 춤추며 타오르던 불꽃
서로 서로의 가슴을 보듬어
구들을 덥혀주고 고운 재로 남아
나무의 발등을 덮는 장작이라도 되었으면

-「장작이라도 되었으면」 부분

　이 시에서 화자는 "장작"이 되기를 소망한다. 바짝 마
른 장작이 되어 타오르고 싶은 이유는 허비한 시간에
대한 참회와 존재의 흔적을 남기고픈 욕망 때문이다. 고
향 완도에서 당산동에 이른 여자의 길, 고단하고 힘들었
지만, 그의 눈빛은 순수로 반짝인다. 언어 역시 솔직 담
백하다. 시적 기교를 배제한 진솔한 언어로 시의 독자에
게 말을 건다. 언어 속에서 감지되는 따스한 온기는 어
머니의 품속처럼 느껴진다. 영원을 사유하는 장하지의
생은 말라가는 장작 같지만, 가장 축복받은 운명인지도
모른다. 시를 읽어주는 독자와 생명계대를 물려받은 다
섯 단추가 반짝이기 때문이다. 절대자의 섭리 속, 운명의
시간이 늦추어 진다면, 그의 시집은 한국시단에 지속 상
재 될 것이다.
　「가을비」, 「벚꽃이 피었다기에」, 「매미의 노래」, 「나의
몸 공동체」, 「대단하다 여름」, 「고마워요 친구」, 「분꽃세

상」, 「내 생애 월척은 무엇이었을까」, 「봄비가 내린다」, 「출렁다리 건너 숲으로」, 「나무는 연금술사」 등은 음미할만한 작품이다. 인연 닿는 독자의 일독을 권한다.